詩總聞卷十一

宋　王質　譔

鴻鴈三章

鴻鴈于飛肅肅其羽之子于征劬勞于野爰及矜人哀此鰥寡

西北鴻雁來正月節此詩當是春時鴻雁初歸故郷新棲未定舊迹已湮故曰哀鳴嗸嗸當是授民以田也最可憐者孤獨鰥寡之人而重可哀者鰥寡之人也老而無子尚可養旁親爲義子幼而無父尚可依他族爲義父惟老而無妻無復更娶老而無夫無復更嫁終身永已故尤可哀也

鴻鴈于飛集于中澤之子于垣百堵皆作雖則劬勞其究安宅

當是授民以舍也雖勞畢事則歸家自解之詞也

鴻鴈于飛哀鳴嗸嗸維此哲人謂我劬勞維彼愚人謂我宣驕

哲人暢于人情憫我之勞也愚人暗于物理謂我爲民任勞示之以驕將不可令也大率一種無識者謂百姓不足顧恤則頑肆（案顧恤下當更有顧恤二字）惟有事則深懲無事則勿顧則民知畏而易馭彼以爲

有術有能而不自知其直愚也

聞音曰野上與切寡果五切澤徒洛切宅達各切班氏陳湯傳斬越王母鼓顏氏西域傳作母寡此作母鼓聲相近葢其土音不甚諦也此音至漢猶存至唐已不傳矣鄭氏縫人注引書宅西曰昧谷作度西曰柳穀陸氏古文宅與度相近因而誤此音至漢亦存至唐又不傳也大率古音漸遠漸轉而況愈遠今併載于此

總聞曰此士大夫將王命而定民所者也三章勉勞皆士大夫自謂恐難獨以中章爲勸民之辭汝

今雖病勞終有安居此意甚佳但語勢不爾

庭燎三章

夜如何其夜未央庭燎之光君子至止鸞聲將將

夜如何其夜未艾庭燎晣晣君子至止鸞聲噦噦

夜如何其夜鄉晨庭燎有煇君子至止言觀其旂

聞音曰將七羊切艾魚肺切晣之世切煇許云切旂渠斤切

總聞曰鄭氏宣王問早晚之辭人君數問夜亦非體此當是執事之人夜未央未艾而聞車音夜鄉晨而見旂色嘆夜漏之未盡而朝臣之已集也若

曰不圖今日復見盛時威儀久不接耳目驟以爲驚且爲喜也恐是殿廷之間宮掖之內執事者相與問答之辭也禮雞人夜嘑旦以警百官漢儀中黄門持五夜甲乙丙丁戊相傳衛士未明衛士起唱所謂雞鳴歌也或是此曹

沔水三章

沔彼流水朝宗于海鴥彼飛隼載飛載止嗟我兄弟邦人諸友莫肯念亂誰無父母

沔彼流水其流湯湯鴥彼飛隼載飛載揚念彼不蹟載起載行心之憂矣不可弭忘

屈氏少從依而遥思招惝怳而永懷意荒蕩而流湯心愁悽而增悲言不循法度之人而反以我爲此流故懷憂如此鄭氏以起行爲妄興師出兵事實旣不然人情亦不爾若此詩人之情喪也

鴥彼飛隼率彼中陵民之訛言寧莫之懲我友敬矣讒言其興

陳氏闕沔彼流水云云八字亦精攷者然不必如此前二章見隼止沔水之旁後一章見隼循中陵之上當是中陵與沔水異途各道所見不必相同也

聞音曰海虎猥切友羽軌切母滿罪切湯失羊切
行戸郎切

聞跡曰沔水出武都沮縣毛氏疎瀉未攷

總聞曰當是闕輔諸侯有來朝後時者與下之讒致上之疑往時固有亂者固有不蹟者今誰念之而儆之乎皆由訛言不懲故懷敬君之心得慢君之咎有此讒也見順流之水自適之禽而嘆其不如是必其讒已就欲見而不敢見慮蹈禍也此或爲其友愬讒者故曰我友敬矣讒言其興

鶴鳴四章

鶴鳴于九皐聲聞于野魚潛在淵或在于渚

樂彼之園爰有樹檀其下維蘀他山之石可以爲錯

澤玩鶴水玩魚言賢者退處自樂也不惟如此而園有檀可以爲器其墮葉亦可以代薪其穀菜亦可以爲茹山有石亦可以爲礪取用何闕所以爲樂也

鶴鳴于九皐聲聞于天魚在于渚或潛在淵

樂彼之園爰有樹檀其下維穀他山之石可以攻玉

聞音曰野上與切檀徒沿切天淵從今音不必作鐵因一均詩用天二十三用淵六雖無叶他年縈

年二切既叶亦可吳氏不必從一讀也
聞章曰舊二章今爲四章
聞物曰穀菜葉似王瓜寗若龍葵今山間多食之
總聞曰清修隱逸之士多喜觀鶴亦多喜觀魚列
子詹何莊子惠子之事可見載在傳記及今篇章
甚多

祈父三章 館本案原本僅存首章解義一條餘皆缺

祈父 止 予王之爪牙胡轉予于恤靡所止居
此士卒怨將帥之辭也呼之以父而告之以情我
于王爲爪牙衞國家者也何忍轉我于憂不安其

居而無所止怨之辭也
祈父 止 予王之爪士胡轉予于恤靡所厎止
祈父 止 亶不聰胡轉予于恤有母之尸饔

白駒四章

皎皎白駒食我場苗縶之維之以永今朝所謂伊人
於焉逍遙
皎皎白駒食我場藿縶之維之以永今夕所謂伊人
於焉嘉客
皎皎白駒賁然來思爾公爾侯逸豫無期慎爾優游
勉爾遁思

此必舊爲公侯而今遁山林者也度斯人湶適其
來無期少寄丁寧頌禱之詞愛賢之親也
皎皎白駒在彼空谷生芻一束其人如玉毋金玉爾
音而有遐心
始猶冀白駒之來可以施謀今不復望知白駒終
不復出也猶欲寄生芻以秣白駒而又恐其人過
執雖芻亦不肯受也今相疏如此不可闕其音而
與我絶有相遠之意也蓋欲時通訊問以求善言
也
聞音曰夕祥龠切客克各切古客皆讀如恪三恪
即三客也孔叢子陳王問太師三恪曰封夏殷之
後爲二代紹虞帝之裔備三恪恪敬也禮之如賓
客也客恪皆同楚辭易林古詩漢歌皆用此思新
齋切
總聞曰此亦在野之賢者尙與世相通欲求道義
爲師友而所欲挽者又長往而不返者也

黃鳥三章

黃鳥黃鳥無集于穀無啄我粟此邦之人不我肯穀
案穀當爲穀觀下聞訓知雪山所據本作穀今仍其舊
言旋言歸復我邦族
此離散之餘去本邦而寓他土者也借黃鳥爲辭

無集于穀無啄我粟留爲歸資復見舊族也厭他
土而思本邦之辭也

黃鳥黃鳥無集于桑無啄我粱此邦之人不可與明
言旋言歸復我諸兄

黃鳥黃鳥無集于栩無啄我黍此邦之人不可與處
言旋言歸復我諸父

聞音曰明謨郞切兄虛王切父扶雨切

聞訓曰無集于穀穀楮也不我肯穀善也上穀從木
下穀從米案穀廣韻以爲俗字今各本皆作穀無從米者穀楮之穀與穀善及五穀之別一從木一從禾耳雪山不審於此故釋東門之枌穀旦以穀爲木釋鶴鳴之穀又以爲穀菜也

總聞曰當是爲生異方必經多時種木植禾已成
不復戀而決舍去也此邦必有所不可留而非得
已也

我行其野三章

我行其野蔽芾其樗昏姻之故言就爾居爾不我畜
復我邦家

我行其野言采其蓫昏姻之故言就爾宿爾不我畜
言歸思復

我行其野言采其葍不思舊姻求爾新特成不以富
亦祇以異

此以貧欲棄舊姻而以富欲求新匹者也雖成不足以致富假使有得亦終散而不聚也適足以爲怪言逐夫而適夫豈有此理也此皆增辭

聞音曰家古胡切蓄筆力切異逸織切

聞物曰樗卽樗也毛氏他氏皆但謂之惡木不言何木也樗樗相通今俗傳雖薪亦不堪然皮可紙實可練葉可覆麴醬極易長茂遂蓄毛鄭皆云惡菜鄭氏言遂牛蘈菜也郭氏方莖莖長而銳有穗有花花紫縹鄭氏蓄蓄也爾雅蕢茅也郭氏蓄大葉白花赤花爲蕢初不言何物本草陳氏引詩言

采其遂羊蹄草也許氏以蕢爲蓄一名蕣集韻卞氏蕣木槿也引詩顏如蕣英雖不引此然今木槿有白紫二種與郭氏正合人雖采但不見食爾當是西北與東南又不同

總聞曰觀此詩然後知前詩之所以不可處者也二詩當出一人

斯干九章

秩秩斯干幽幽南山如竹苞矣如松茂矣兄及弟矣式相好矣無相猶矣

干幹也今言八命上下爲支干故下言松竹也凡

居向南爲正面南山則坐北山山也言面勢物色皆
嘉也式好無猶言門戸氣象又皆嘉也
似續妣祖築室百堵西南其戸爰居爰處爰笑爰語
然後興功作室也似續生者之室也妣祖死者之
室也死戸向西坐東也生戸向南坐北也死者于
此居處生者于此笑語言安其所也
約之閣閣椓之橐橐風雨攸除鳥鼠攸去君子攸芋
自此以下每章結以君子芋有數訓平聲一草盛
也一大也仄聲草名也吳氏所引說文大葉實根
駭人故謂之芋王遇切者乃從芋也于文象氣之

舒者從芋當作平聲于文象氣之平雖通用而有
異意集韻幠芋通用荒胡切覆也大也有也用此
爲的鄭氏改芋爲幠亦不恢但不須變字爾去除
皆當從平聲
如跂斯翼如矢斯棘如鳥斯革如翬斯飛君子攸躋
殖殖其庭有覺其楹噲噲其正噦噦其冥君子攸寧
皆生者所亨也
下莞上簟乃安斯寢乃寢乃興乃占我夢吉夢維何
維熊維羆維虺維蛇
居既安則福可致也

大人占之維熊維羆男子之祥維虺維蛇女子之祥
鄭氏熊羆在山陽之祥也虺蛇在穴陰之祥也此意甚嘉而未盡凡物不蟄者屬陽蟄者屬陰虎以冬交藉陰以成也蛇以夏交藉陽以成也牀在高陽也而璋以水成濟以陰也地在下陰也而瓦以火成濟以陽也古人處事制法無不合理無羊之夢亦然魚陰也禾亦陰也魚非水則不生然附月影乃成禾非水則不生然向日色乃成蓋同類也故夢魚占豐年旟鳥隼飛者陽類也然寒乃健旐龜蛇潛者陰類也然熱乃毒萬物無逃二氣之閒

故夢旟旐多室家蓋陰陽相交男女乃孳也易曰天地絪縕萬物化醇男女構精萬物化生

乃生男子載寢之牀載衣之裳載弄之璋其泣喤喤朱芾斯皇室家君王

乃生女子載寢之地載衣之裼載弄之瓦無非無儀

室家皆事君王言貴近也

唯酒食是議無父母詒罹

男子願使爲公卿女子乃不願使爲后妃惟議酒食所謂中饋也此事多詒父母之憂罕延門戸之禍有識士大夫所以不欲也鄭氏儀善也婦人無

所專于家事有非非婦人也有善亦非婦人也此
意亦嘉而未盡但不當彰是非之名于外爾
聞音曰苞補掫切茂莫口切好許厚切猶余久切
戸後五切革訖力切正諸盈切簟子禁切今人猶
有此聲吳氏前二章皆用引韻此一章不用未詳
蓋未察此也寢于尋切夢彌登切蛇余支切瓦危
委切議魚羈切
聞章曰舊九章四章七句五章五句今畧如舊章
而差移舊句
聞事曰四如言人功之敏也跂敏于足而若有翼

者言如鳥也矢敏于遠而又敏于近棘讀作戟鳥
斂芋羽而若有革言若獸也翬斂于躍而又斂于
飛翬雉也飛一作蜚蜚如螟春秋秋有蜚
總聞曰此士大夫卜地于室者也以爲王者無見
無羊倣此

無羊五章

誰謂爾無羊三百維羣誰謂爾無牛九十其犉
爾羊來思其角濈濈爾牛來思其耳濕濕或降于阿
或飲于池或寢或訛
爾牧來思何蓑何笠或負其餱三十維物爾牲則具

爾牧來思以薪以蒸以雌以雄
第五句爾牲則具當移入第七句以薪以蒸下以
薪蒸之葉爲牛羊雌雄之食也羊以三數皆三百
頭是羊羣之數牛以十數凡九十頭是牛羣之數
三十之物比也蓋應上數
爾羊來思矜矜兢兢不騫不崩麾之以肱畢來既升
第二句矜矜兢兢下恐少爾牛來思一句羊小畜
矜矜兢兢羊畏聳貌牛大畜不騫不崩牛堅重貌
明兢兢下不騫上少爾牛一句
牧人乃夢衆維魚矣旐維旟矣太人占之衆維魚矣

實維豐年旐維旟矣室家溱溱
聞音曰犉而純切濈莊立切池唐何切物微律切
今猶有此音雄于陵切孔氏兆如山陵有夫出征
而喪其雄鰥辭皆韻又古讀雄與陵爲韻詩正月
無羊皆以雄韻陵韻蒸又張氏賓爵下華田鼠上
騰牛哀虎變鯀化爲熊久血爲燐積灰生蠅或疑
張氏王氏古讀熊與雄皆于陵切張氏用舊韻也
年爾因切
聞章曰舊四章今爲五章
聞字曰濈濈銳貌正羊角之狀從角尤隹不從角

亦可說文和也毛氏息也似不必他訓牛安則耳潤病則耳燥濕濕牛安也毛氏動也訓亦似未當羊以角言牛以耳言恐是當時降阿飲池皆爲水所沾後世不肯從物情時能推測古人簡易之意多以造意爲能然古字亦通用斯干于加草亦是于意哉從水亦止是銳意

總聞曰此詩每章稱爾必雙舉牛羊而此章獨闕牛（案此章當作第四章）文勢似不具識者更詳此士大夫檢校畜產料理生業者也喪亂之後零替者多忽然見之人相與生驚故曰誰謂爾無也

詩總聞卷十一

後學　王簡　校訂

詩總聞卷十二

宋　王質　撰

節南山十章

節彼南山維石巖巖赫赫師尹民具爾瞻憂心如惔不敢戲談國既卒斬何用不監

師官尹氏也不敢戲談有所畏避也下章皆有不敢之意當是其人雖無可敬而其位貌亦有可憚者何所用心而不監小人之爲惡問之不欲斥言也下章稱何稱誰倣此

節彼南山有實其猗赫赫師尹不平謂何天方薦瘥

喪亂弘多民言無嘉憯莫懲嗟

尹氏太師維周之氐秉國之均四方是維天子是毗俾民不迷不弔昊天不宜空我師

氐柢也旁紐作氐爲國之根一重也執國之平二重也四方所藉以爲維三重也天子所倚以爲毗四重也下民視之以爲明五重也尹氏可謂重臣而失職如此不宜使斯人居尊官當是尹氏以六官司空之職兼三公太師之任故曰不宜空我師懟之于天不欲斥言也下章稱天倣此

弗躬弗親庶民弗信弗問弗仕勿罔君子式夷式已

無小人殆瑣瑣姻亞則無膴仕

呼尹氏爲君子尊之辭也戒小人勿得欺尹氏倦之辭也下章稱君子做此用平則已無近小人無使姻亞爲膴仕有此二者則不平也曉之辭也

昊天不傭降此鞠訩昊天不惠降此大戾君子如屆俾民心闋君子如夷惡怒是違

訩訟也當是尹氏不平羣臣多爭卒章亦及訩爾如能止則彼鞠訩之心自息爾如能平則彼惡怒之氣自去勸之辭大率此詩詆之多言不平曉之多言夷

不弔昊天亂靡有定式月斯生俾民不寧憂心如酲誰秉國成不自爲政卒勞百姓

亂與月俱生言有增也爾秉政而不自爲政言爲交爭者所奪所以政多門而民受弊也

駕彼四牡四牡項領我瞻四方蹙蹙靡所騁

當是小人銜王命乘使車言封疆之蹙如此小人安能遠騁但擾四境之內爾

方茂爾惡相爾矛矣既夷既懌如相醻矣

方盛怒俄相歡小人常態也

昊天不平我王不寧不懲其心覆怨其正

譏因尹氏不平蔽小人交爭我王不寧小人之罪奚逃不革其心而反怨其正當是有規正者重憎怨也亦小人常態也

家父作誦以究王訩式訛爾心以畜萬邦

家父不敢戲言而顯言作誦者以告于王也盡爲王道其致訩之故皆因尹氏不平也化尹氏之心反不平以爲平則可畜天下之衆不然小人愈盛民將散而無與爲國也

聞音曰山所旃切巖魚杴切猗於何切嘉居何切氏都黎切信斯人切仕鉏里切子奬禮切殆養里切

切傭救龍切訩許容切屆居氣切闋睳桂切天鐵因切定唐丁切生桑經切姓桑經切疇市由切正諸盈切誦俟容切邦土工切邦本音切外又卜功切瞻彼洛矣君子至止福祿既同君子萬年保其家邦與此同又拔耕切植綏萬邦屢豐年補因切凡見詩者如此他所不舉

聞跡曰南山韓氏吾聞京城南茲惟羣山囿即是北山左氏惟言節無南山字

聞人曰家父見魯桓八年桓王也十五年莊王也舊說刺幽王自幽王之死至是七十五年尚能爲

王出使求車刺幽王之詩皆老臣之詞則約百餘歲矣故此未必刺幽王也

總聞曰尹氏之不平罪本在于王而不指歸王小人之鞠訩罪本在于尹氏而不深言尹氏家父盖忠愨而怨厚者也度尹氏亦無大惡但居位而不舉職無公言直道而不能控制小人就其上而班之胡廣趙戒之流也

正月十三章

正月繁霜我心憂傷民之訛言亦孔之將念我獨兮憂心京京哀我小心癙憂以痒

當是賢者避患去國具見所懷與所遇所見者小心故懷憂致病

父母生我胡俾我瘉不自我先不自我後好言自口莠言自口憂心愈愈是以有侮

所遇不在先不在後適與我相當何爲于此時而生我致此病也與我生不辰同意憂心愈愈是以有侮憂事太過則招侮言多畏則易陵也

憂心惸惸念我無祿民之無辜幷其臣僕哀我人斯于何從祿瞻烏爰止于誰之屋

所憂本在無祿今無辜及其身又及其臣僕如此

將何地而從祿乎言此祿不可從當他求也所見
烏一也此烏止誰屋也言未有所歸
瞻彼中林侯薪侯蒸民今方殆視天夢夢既克有定
靡人不勝有皇上帝伊誰云憎
所見中林二也言欲樵采以自給也方危爲憂所
亂視天瞀惑若不堪用者苟定則何人不勝任言
皆可用也有皇上帝怨之于天也何人可憎願明
指也今皆危與所憎同受苦所以願明指也
謂山蓋卑爲岡爲陵民之訛言寧莫之懲召彼故老
訊之占夢具曰予聖誰知烏之雌雄

召者宿問占夢猶是視天夢夢餘意蓋憂思之中
惶惑妄見占當爲何祥也所問者皆言其通曉乃
不知烏孰爲雌雄猶是瞻烏餘意尙不知雌雄安
知所當止也言卜者不能决疑
謂天蓋高不敢不局謂地蓋厚不敢不蹐維號斯言
有倫有脊哀今之人胡爲虺蜴
天高而以爲低故曲脊地厚而以爲薄故累足亦
爲憂所亂也以爲不然則爲此號發此言如耳有
倫如背有脊又較然也言爲憂所亂之極也
瞻彼阪田有菀其特天之扤我如不我克彼求我則

如不我得執我仇仇亦不我力

所見阪田菀特三也特特生之木也欲依阪田特木以自給也天動我心如我不能任事者王初求我惟恐不得以我爲能也既得我不以我爲能我亦自疑我非不能至此而若不能者蓋天動我心不使任其事可以免其難也

心之憂矣如或結之今茲之正胡然厲矣燎之方揚寧或滅之赫赫宗周褒姒威之

正正月也此詩皆此月之事三陽之月奚爲寒之甚如此厲也以天時推人事深可憂也當是幽王以後事故舉已往以比後來或以火方熾豈有可滅之理識者推觀前覆一褒姒能覆宗周言雖盛易滅也

終其永懷又窘陰雨其車既載乃棄爾輔載輸爾載將伯助予

所遇陰雨四也車既載且行遇雨方知遺輔車之器亦爲憂所亂也既墮所載未能遽行願伯助予修敗車涉淖塗伯當是伯兄同行者也言隻力不能獨辦也

無棄爾輔員于爾輻屢顧爾僕不輸爾載終踰絶險

曾是不意

無遺其輔用益其輻屢顧其僕而多不可隨所載也此戒僕之詞也我爲憂所亂雖踰險曾不以是爲意言意不在車也

魚在于沼亦匪克樂潛雖伏矣亦孔之炤憂心慘慘念國之爲虐

所見池魚五也當是初居有此因有感也魚在沼爲人所豢雖潛不能逃也言我豈可受彼祿也

彼有旨酒又有嘉殽洽比其鄰昏姻孔云念我獨兮憂心慇慇

當是就田野爲居廬頗有比鄰之樂而其憂終不能釋也

佌佌彼有屋蔌蔌方有穀民今之無祿天夭是椓哿矣富人哀此惸獨

當是其鄰稍厚可以相依也佌佌之屋蔌蔌之穀皆其鄰所資也但恐斯人無祿爲妖者並出而椓喪之富人尚可我惸獨將如之何也此當是老而無子者兩言念我獨一言哀此獨與伯兄同行可見其獨也

聞音曰京居良切瘉勇主切後下五切口孔五切

夢彌登切勝書蒸切雄于陵切局訖力切厲力蘖切輔扶雨切子演汝切輻筆力切意乙力切炤之若切椓都木切吳氏以殺叶云未詳鄰連上句胥連下句則叶故古之音律雖不可盡聞亦在詳推也

總聞曰一詩及憂者八而言憂之狀者又不一也所謂小心良是心最小者憂最深

十月之交八章

十月之交朔日辛卯日有食之亦孔之醜彼月而微此日而微今此下民亦孔之哀

是月必朔望日月俱食所以謂之甚醜見下左氏童謠其九月十月之交杜氏晦朔交會也又丙子旦日在尾月在箕杜氏曰日月合朔于尾月行遲故至旦而遇在箕此交殆類此時經世是年九月戊申朔日有食此朔當是戊寅小盡當是丁丑併載于此

日月告凶不用其行四國無政不用其良彼月而食則維其常此日而食于何不臧

日食之變甚大于月食所以春秋書日食不書月食月食固爲常一月而兩食則爲異變于何不臧

一何不善也孔氏良是

爗爗震電不寧不令百川沸騰山冢崒崩高岸爲谷深谷爲陵哀今之人胡憯莫懲

雷收水涸皆八月中氣而十月電震川沸大異

皇父卿士番維司徒家伯維宰仲允膳夫聚子內史蹶維趣馬楀維師氏豔妻煽方處

皇氏番氏家氏仲氏聚氏蹶氏楀氏凡七族皆因豔妻而處位也七族之中皇父爲最盛下云抑此皇父又云皇父孔聖自此以下皆皇父作向之事也

抑此皇父豈曰不時胡爲我作不卽我謀徹我牆屋田卒汙萊曰予不戕禮則然矣

此督民作都于向怨之辭也汝豈不知是農時而何爲使我興作不就我相謀而徹我屋荒我田皇父以爲非害汝也禮當然也言不引愆反飾非也

皇父孔聖作都于向擇三有事亶侯多藏不慭遺一老俾守我王擇有車馬以居徂向

擇三事之多藏羣臣之有車馬者以向爲歸此殆類郿塢也

黽勉從事不敢告勞無罪無辜讒口囂囂下民之孽

匪降自天噂沓背憎職競由人

悠悠我里亦孔之痗四方有羨我獨居憂民莫不逸

我獨不敢休天命不徹我不敢傚　止　我友自逸

此不與皇父同惡而爲所苦者也此人當是向人

而督向事故自徂向之下即言黽勉從事不敢告

勞又言悠悠我里亦孔之痗當是此役督迫甚急

切責亦重同黨不肯當之而異已者承之也故多

言我獨也

聞音曰卯莫後切哀於希切行戸郎切令盧經切

馬滿補切謀謨柸切萊陵之切矣於姬切藏才浪

切王于放切吳氏以鄭氏國之三卿信雖多藏之

人案雖疑維之誤此釋亶侯多藏亶信也侯維也又在位之人皆去無留

衛王藏王皆爲平聲雖从聲亦是平意不必以爲

未詳天鐵因切痗呼罪切徹直質切

聞訓曰徹通也言其命不通也自恨之辭

聞句曰我不敢傚我友自逸舊一句今分爲二句

聞跡曰向邑名在河內軹縣

總聞曰其言如此危憤猶有望于遺老守王大夫

賢者責君終淺愛君終深與後世訐君惡以賣已

者異也案此當云以賣已直者似脫一直字

雨無正七章

浩浩昊天不駿其德降喪饑饉斬伐四國旻天疾威弗慮弗圖舍彼有罪既伏其辜若此無罪淪胥以鋪

尋詩皆無雨無正之文亦無雨無正之意他詩不見此比歐陽氏亦嘗疑之以爲古人于詩多不命題而篇名往往無義例其或有命名者則必述詩之意今雨無正之名據序曰雨自上下者也言衆多如雨而非政也今攷詩七章都無此意與序絶異而不言其所以然據詩周宗既滅鄭氏厲王流彘之時攷詩正大夫離居言不從王者也三事大

夫莫肯夙夜邦君諸侯莫肯朝夕言雖從王而不以君事王者也在鎬無君在彘有君與無君同兩地皆無正可宗也雨恐當作兩字之轉雨兩字全相類古雨作㒳兩亦作㒳易差

周宗既滅靡所止戾正大夫離居莫知我勩三事大夫莫肯夙夜邦君諸侯莫肯朝夕庶曰式臧覆出爲惡

莫知王失所之勞言不從王者也憤之辭也庶曰式臧云者庶幾因事爲善而反出令爲惡無保君免難之心有挾君肆惡之志憤之辭也

如何昊天辟言不信如彼行邁則靡所臻凡百君子各敬爾身胡不相畏不畏于天

告以有法之善言不以爲信令則流離何所底止傷之辭也凡百君子責凡從王者之辭也各自敬爾身而已何爲更不畏王不畏王是不畏天也憤之辭也

戎成不退饑成不遂曾我暬御憯憯日瘁凡百君子莫肯用訊聽言則荅譖言則退

責凡不從王者之辭也君避兵而奔所謂戎成君逃難而餓所謂饑成小臣懷憂至病而大臣曾無懷賊輸餼者憤之辭也莫肯用訊者無有用王告難之訊也有隨己者則荅之凡言王不可迎者也有毀己者則退之凡言王不可不迎者也

哀哉不能言匪舌是出維躬是瘁哿矣能言巧言如流俾躬處休

此監謗之流弊今王自當之商鞅歎爲法之弊至此雖悔何及也

維曰予仕孔棘且殆云不可使得罪于天子亦云可使怨及朋友

責爲王將命告難之辭也凡往圖仕者如此之急

且危或言不可使者天子必責其交私謂其相護避危事也或言可使者朋友又受其移怨謂其見推涉危道也大率無奮志捐軀之士寧以不可使得罪天子而不願可使得薦于朋友也

謂爾遷于王都曰予未有室家鼠思泣血無言不疾昔爾出居誰從作爾室

責不赴王之辭也曰予未有室家以室家為拒人之辭也無言不稱疾以疾為欺人之辭也言必得妻奉疾而後可行也勸者不堪其意而詰之爾往昔避亂離都之時何嘗有妻事汝言無妻已久不

獨今日也安得以此拒我為辭

聞音曰國越逼切夜弋灼切今北人猶有此聲夕祥龠切信斯人切天鐵因切訊息罪切出夕遂切殆養里切子獎禮切友羽軌切家古胡切血虛屈切說文洫血恤皆以血得聲易女承筐无實士刲羊无血

聞訓曰淪胥水回復貌詩多言此毛氏鄭氏淪率也胥相也言牽率相引也大費意集韻淪浸也胥長也皆言水狀不能快流也下云無淪胥以敗此必是方言但今不曉

聞字曰鼠當作癙病也與正月癙憂同集韻通作
鼠

總聞曰厲王出奔彘歲在己未死于彘歲在癸酉凡十五年居正位之君在彘行君事之臣在鎬不可三月無君而十五年曾無一人唱反正之謀舉勤王之師者雖厲王不君然命義天下大戒也以正律之當會同諸侯誅戮羣小奉厲王于西都周召二伯左右爲之彌諧旣不能然儲賢嗣以待將來雖不爲無功于周然終非萬世之正也此詩聖人所以存之君臣之際有攷焉

小旻六章

旻天疾威敷于下土謀猶回遹何日斯沮謀臧不從不臧覆用我視謀猶亦孔之邛

當是有大旻又有小旻亦如有大明又有小明大旻令不存毛氏列于十月之交雨無正爲小故曰小旻謂其辭比前更詳也識者更詳此詩多及謀猶當是與圖事者君子之言不用小人之言是從故君子爲憂集韻通作猶

潝潝訿訿亦孔之哀謀之其臧則具是違謀之不臧則具是依我視謀猶伊于胡底

胡氐何所止也言必至于亂也鄭氏良是

我龜既厭不我告猶謀夫孔多是用不集發言盈庭
誰敢執其咎如匪行邁謀是用不得于道

龜猶厭其不誠不以告之而況于人亦不以告也
雖謀夫孔多皆邇言也如深坐而不出則行路之
實語不得而聞之言不廣詢外議止聽側言也

哀哉爲猶匪先民是程匪大猶是經惟邇言是聽惟
邇言是爭如彼築室于道謀是用不潰于成

凡邇言皆非先民之程大猷之經也如築室臨路
必與路之附近者相謀則審勢取材就近而得實

今築室于道而定謀于室何由工徒可散而功役
可成乎大率功散則功成俗語畢功謂之放散亦
言不廣詢外議止聽側言也後稱廣謀雜聽者多
以築室于道爲辭故曰作舍道傍三年不成尋詩
正以聽言狹而不廣近而不遠爲憂不如後世所
衍之意此類誤引經者亦多

國雖靡止或聖或否民雖靡膴或哲或謀或肅或艾
如彼泉流無淪胥以敗

靡止言流落也靡膴言薄惡也然不爲無人在審
擇之鄭氏有通聖者有不能者有明哲者有聰謀

者有恭肅者有治理者上下兼貫五事而以否間之則不能是五者也如此則語差而適斷而整可以爲法

不敢暴虎不敢馮河人知其一莫知其他戰戰兢兢如臨深淵如履薄冰

前兩如曉之辭後三如戒之辭也當是此詩之作遇水感情末兩章皆指水興辭泉當流不可淪胥淪胥回復也不流則敗言人情不可塞也虎當畏不可搏河當渡不當陵搏虎陵河未有不貽害者言人情不可忽也淵不可臨而深者愈不可臨冰

不可履而薄者愈不可履皆言人情不可忽也尋詩所以謀臧者不從而違謀不臧者覆用而依皆怙尊忽衆之過也此詩正中其病

聞音曰用餘封切哀於希切底都黎切猶余救切集疾就切咎正九切道徒厚切聽他經切否補美切膴火吳切謀魚胡切艾魚氣切敗蒲昧切他湯河切淵一均切

總聞曰暴虎馮河臨深履薄四者皆危事亦皆北俗北俗強捷河東有一種打虎社大抵平地日中則虎瞀此時多伏則驚起以搏之孟子所謂馮婦

者也大叔于田袒裼暴虎獻于公所亦飾言也打虎社自有虎衣虎器又有獅子筒以竹木爲之呼吸作聲則虎驚此暴虎也河壖崩徙無常有平地高陸忽爲深河有衝波巨浪忽爲大野者人認水聲知之有車乘馬牛臨河忽没者此馮河也河深冬北風則冰亦有厚薄堅脆大率驟冰者多不常連冰者多可保人多循狐跡而渡相傳狐能聽冰下水聲擇無聲處乃行亦有爲所誤此履冰也書若蹈虎尾涉于春冰最善下語虎以尾爲威之節人旁觀其尾緊緩高低展縮及左右輒知其所趣

南人亦能識之纔立春正月節雖風雪苦寒亦不可度北人謂之巢冰以是推之則詩人所謂戰戰兢兢當是親經歷者也

小宛六章

宛彼鳴鳩翰飛戾天我心憂傷念昔先人明發不寐有懷二人

說與小旻同以大小別篇也大明小明可見當是見後嗣不肖而思其先也二人考妣也恐是見幽王褒后而思宣王宣后

人之齊聖飲酒溫克彼昏不知壹醉日富各敬爾儀

天命不又
人卽所念之人也其先飲酒如彼其後乃飲酒如此憂天命不復再來言將亾也
中原有菽庶民采之螟蛉有子蜾蠃負之教誨爾子式穀似之
因采菽有見螟蛉蜾蠃興感言其子不似父也異類誨他種猶相肖而胞胎子息乃不肖也
題彼脊令載飛載鳴我日斯邁而月斯征夙興夜寐無忝爾所生
又見脊令興感言兄弟不相親愛日邁月征而奔

走無定也
交交桑扈率場啄粟哀我塡寡宜岸宜獄握粟出卜自何能穀
又見桑扈興感言彼尙有粟可味我不惟無之又恐墜刑持粟求卜問如何可以遠害皆兄弟之間憂疑之情也持粟求卜有田里之狀采菽亦有田里之態當是王之兄弟家窮財薄如此故曰塡寡
溫溫恭人如集于木惴惴小心如臨于谷戰戰兢兢如履薄冰
守善畏事之人憂惴如此言其上沈酗而不可測

也故以酒起辭當是王之兄弟彼若懼嗣而不安者如言先人所生所感之輿皆父子兄弟間事也

聞音曰天鐵因切富筆力切又夷益切采此禮切負蒲猥切

聞事曰鳩深春則新雛能飛宛小也雒之新也案雒當作雛萩初茁可茹當是春時作此

聞人曰毛氏先人爲文武館本案先人原本作二人毛傳先人文武也並不云二人今改恐意似不爾各爲君臣亦恐不爾

總聞曰考爲宣王妣不知誰氏見幽王而思其考見褒姒而思其妣所謂各敬爾儀各者謂幽王褒

姒也一爲君一爲后故下云天命不又卒之幽王殺而褒姒虜不又之證作者蓋有所見也

小弁八章

弁彼鸒斯歸飛提提民莫不穀我獨于罹何辜于天我罪伊何心之憂矣云如之何

說亦與小旻同下章言菀彼鳴蜩當是夏時作也

踧踧周道鞫爲茂草我心憂傷惄焉如擣假寐永嘆維憂用老心之憂矣疢如疾首

大率憂思多頭目昏瞀此疾首與伯氏首疾同意

維桑與梓必恭敬止靡瞻匪父靡依匪母不屬于毛

不離于裏天之生我我辰安在

古人所居必植桑植梓定之方中可見此殆是祖業也毛在外謂毛髮之屬裏在內謂骨血之屬皆父母所生也今我亦受父母之毛髮亦受父母之骨血何民莫不穀我獨于罹也所生之日安在恐是其日其時不吉也獨今說命年月日時以支干納音推凶吉

菀彼柳斯鳴蜩嘒嘒有漼者淵萑葦淠淠譬彼舟流不知所屆心之憂矣不遑假寐

舟當以人駕御任其自流將何所止此心蕩漾無繩纏憂思之心多然

鹿斯之奔維足伎伎雉之朝雊尚求其雌譬彼壞木疾用無枝心之憂矣寧莫之知

木壞則枝枯無所覆庇其身言孤苦也故言寧莫之知園有桃所謂其誰知之也

相彼投兔尚或先之行有死人尚或墐之君子秉心維其忍之心之憂矣涕既隕之

君子信讒如或醻之君子不惠不舒究之伐木掎矣析薪杝矣舍彼有罪予之佗矣

莫高匪山莫浚匪泉君子無易由言耳屬于垣無逝

我梁無發我笱我躬不閱遑恤我後

此詩每章皆因物有感一章飛鳥二章茂草三章桑梓四章菀柳鳴蜩萑葦舟流五章奔鹿雊雉壞木六章投兎死人七章伐木析薪八章山泉梁笱有懷在心凡觸物皆傷感也

聞音曰斯先齎切提是移切道徒厚切草此苟切擣當口切老魯叩切梓奬禮切母滿罪切在此禮切居居氣切伎其宜切雌于西切先思晉切躊承呪切杝湯河切山所旃切笱舉后切后候口切

聞物曰椅杝毛氏以爲伐木掎其巔析薪隨其理

其說固新然不必如此椅梓屬杝棠棣屬皆木名也案毛傳經文作掎作杝故釋之曰掎其巔隨其理雪山所據本二字俱從木故以爲木名然攷各本無從木者疑誤又鄭氏鹿奔其勢宜疾而足反舒留其羣也嘗見襄郢間走鹿屢駐足回顧舊說甚善投兎之說恐未必然嘗見關陝間麞鹿爲鷹犬所逐反投于人安得不先爭救護也人在旁鷹犬自止

總聞曰司馬氏幽王娶申生宜臼又說褒姒生伯服廢申立褒而放宜臼宜臼平王也故太子之傳有此辭尋詩蓋士大夫之在下位者被讒懼罪其所感之物鳥獸草木山水以至舟楫薪蒸梁笱皆

民間所見所用者末章與谷風民婦怨民夫之辭
全同言已不能保物于何有當是君既不察親又
不救故末章有自訣之辭也

巧言六章

悠悠昊天曰父母且無罪無辜亂如此憮昊天已威
予慎無罪昊天泰憮予慎無辜

第五章始有巧言之文于詩罕見識者更詳當是
以讒獲罪于父母故曰已威又曰泰憮已泰皆甚
也父當是幽王母當是褒姒此辭似是平王也

亂之初生僭始既涵亂之又生君子信讒君子如怒

亂庶遄沮君子如祉亂庶遄已

君子指父母也方亂初生譖者頗畜之及亂又生
讒者即信之矣然纔回心怒彼而此亂立消也曉
之辭也

君子屢盟亂是用長君子信盜亂是用暴盜言孔甘
亂是用餤匪其止共維王之邛

不安其所止不服其所共惟爲讒以病上而已信
者以爲我之益而不知爲我之病曉之辭也

奕奕寢廟君子作之秩秩大猷聖人莫之他人有心
予忖度之躍躍毚兔遇犬獲之

寢廟文武之廟也大猷文武之猷也言文武之業
將墮也他人之心蓋廢嫡立庶也此亦易度但免
自恃其狡不知其有犬也言有不堪而俟變者也
似是申侯四章八言亂子得罪于父母未遠至此
蓋其時已醞釀申侯犬戎之事也

荏染柔木君子樹之往來行言心焉數之蛇蛇碩言
出自口矣巧言如簧顏之厚矣

柔木喻人之狀也其君以爲可倚而不知行路皆
能數其心言淺謀而露機也故廢宜臼立伯服未
幾而生變蓋奸謀久露衆謀漸集經世廢立在甲

子弑立在庚午首尾七年

彼何人斯居河之麋無拳無勇職爲亂階既微且尰
爾勇伊何爲猶將多爾居徒幾何

此必其人居河之側也無拳勇之才有微尰之疾
雖其謀甚多而其徒無幾其人爲所鄙淺如此所
謂衆怒難犯專欲難成者知其無能爲也似是虢
石父之流

聞音曰且七餘切憮火吳切威紆胃切盟謀郎切
共居容切度待洛切獲黃郭切樹上主切數所主
切口去厚切厚狠口切階居奚切幾居希切

總聞曰平王雖非令主然亦非下流故文侯之命聖人存之觀其詞足以動人似是唐文宗之倫故國人銜切幽王而傷憫平王其後驪山之變卽申立平以奉周也

何人斯八章

彼何人斯其心孔艱胡逝我梁不入我門伊誰云從維暴之云

此必前詩居河之麋者皆曰彼何人斯鄙惡之辭而此詩又甚造譖者當是近水而居所謂河麋是也被譖者亦當近水而居所謂我梁是也梁橋也

鄭氏謂暴爲暴公恐亦如前詩亂是用暴之暴此當是過其門之梁不入而遂去被譖居家者所以疑也

二人從行誰爲此禍胡逝我梁不入唁我始者不如今云不我可

過門者當是兩人始末之辭有異始以爲可末以爲不可大率此反覆之人也惟自知反覆所以難相見懼詰之窮也唁弔也當是得譴居家

彼何人斯胡逝我陳我聞其聲不見其身不愧于人不畏于天

當是過門留語而去陳所陳之梁也與别梁同

彼何人斯其爲飄風胡不自北胡不自南胡逝我梁祇攪我心

大率彼人以此人懷憂生疑故愈設辭以亂其神欲使不安而自投于禍也惟其造謀如此所以愈難相見懼察之露也

爾之安行亦不遑舍爾之亟行遑脂爾車壹者之來云何其盱

謂行之安又不暇止宿謂行之亟又方暇脂車但造陰謀設暗機欲害我而不一我過爾

爾還而入我心易也還而不入否難知也壹者之來俾我祇也

猶有望于回而入門也當是寄語彼人還而入則我心寬還而不入則汝謀不可測也二章俱望其一來而此章尤切冀其來以安其心憂疑之甚也

伯氏吹壎仲氏吹篪及爾如貫諒不我知出此三物以詛爾斯

此所謂二人從行也二人一壎一篪如索之貫而不解言二人相密如此也安知我之心憂疑不免以詛告神言欲此釁不成非他辭也益慮其人之

知愈肆毒也
爲鬼爲蜮則不可得有靦面目視人罔極作此好歌
以極反側
汝若眞鬼蜮則不可得相見汝亦人爾雖懷慚不
見我然同居近河相見安有窮時言終必相見也
我不安之情至此亦極言汝可以已也物極必變
蓋又恐動之辭
聞音曰艱居銀切禍胡果切天鐵因切風孚愔切
南尼心切含商居切易余支切祇祈支切斯先齎
切蜮越逼切側莊立切

聞物曰鬼鬼車也蜮水弩也二物害人皆不可見
三物豕犬鷄也左氏鄭伯使卒豭行出犬鷄以詛
射潁考叔者
聞事曰鄭氏詛謂祝之使沮敗也禮有詛祝形載
辭後世轉爲陰邪之事非古
聞人曰皆偶然爲此春秋魯文八年公子遂會雒
戎盟于暴十年及蘇子盟于女栗二年及二地相
去甚密又偶見維暴之云蓋人所言也遂相附合
而爲辭也毛氏又見魯成十一年晉郤至與周劉
子事溫爲王官之邑則併與暴同爲畿內國名而

杜氏專經乃以爲鄭地也以此示博而不知後之
識者亦有以審也
總聞曰當是朝臣與太子相連者既陷太子將及
其徒所以憂疑也造釁之人亦當是不足比數者
巧言末章固有鄙賤之辭此詩尤甚方譏遂譖行
雖可鄙不無可畏爾

巷伯七章

萋兮斐兮成是貝錦彼譖人者亦已大甚
尋詩當爲寺人所譏而被刑如司馬遷者也識者
更詳

哆兮侈兮成是南箕彼譖人者誰適與謀
貝文斕斑似錦而非錦箕星排比似箕而非箕言
初無是事強造成也
緝緝翩翩謀欲譖人慎爾言也謂爾不信
捷捷幡幡謀欲譖言豈不爾受既其女遷
譖人者多爲人所窺不以爲可信或有所遷怒而
反被害者勸其勿好譖也
驕人好好勞人草草蒼天蒼天視彼驕人矜此勞人
彼譖人者誰適與謀取彼譖人
譖者非獨一人必有其徒也二章皆言誰適與謀

投畀豺虎豺虎不食投畀有北止有北不受投畀有
昊楊園之道
投畀豺虎豺虎不食言豺虎亦惡之也投畀有北
有北不受言夷狄亦惡之也投畀有昊天無所不
容也宜其受之乃亦棄之於楊園之道楊園郊野
之地墳冢所在也甚憤怨之辭
猗于畝丘寺人孟子作爲此詩凡百君子敬而聽之
猗美盛貌畝丘禾田也今田猶稱若干畝若干丘
當是夏時作此
聞音曰甚食恁切諆謨杯切翩批賓切信斯人切

幡芬亶切天鐵因切者掌與切諆滿禰切者諆相
叶移取彼譖人一句則不必掌與瀰禰可也丘祛
奇切末以之叶詩
聞句曰移第六章彼譖人者誰適與謀取彼譖人
三句入第五章移第七章楊園之道一句入第六
章韻叶且意多
聞人曰寺人之長者故曰孟其題亦曰伯
聞跡曰楊園白楊之園也冢墓多植白楊陶氏荒
草何茫茫白楊亦蕭蕭古人挽歌多以白楊爲辭
總聞曰寺人猶言爲埽除之役在闕葦之中業葦當作

茸呂忱字林曰當是此人執役永巷之間故曰巷
䦨茸不肖也

伯

詩總聞卷十二

後學　王簡　校訂

詩總聞卷十三

宋 王質 譔

谷風三章

習習谷風維風及雨將恐將懼維予與女將安將樂女轉棄予

此必同經患難而他時稍達棄恩忘舊者也

習習谷風維風及頹將恐將懼寘予于懷將安將樂棄予如遺

頹雨圮山也亦雨也

習習谷風維山崔嵬無草不死無木不萎忘我大德思我小怨

草木長則山愈高

聞音曰女思與切予演女切懐胡隈切怨讀作德西北人相怨恨之聲此字以聲取旁紐作越亦可叶德

總聞曰谷風春風也正草木發舒之時當是其人得時逞志如草之繁如木之茂有莫已若之意恨者以為無不死之草無不萎之木言無不卒之人人生幾何而惡薄如此恨之辭也

蓼莪六章

蓼蓼者莪匪莪伊蒿哀哀父母生我劬勞

蓼蓼者莪匪莪伊蔚哀哀父母生我勞瘁

匪莪即蒿匪莪即蔚目前惟有此物更無他見父母生我本欲增光門戶今乃索居田野如此此歎惋之辭也

缾之罄矣維罍之恥鮮民之生不如死之久矣

缾既罄罍又恥言窮甚鮮民之生言匱于生也既無一爲生不如死也久言當死已久至此已過也

無父何怙無母何恃出則銜恤入則靡至

當是父母鍾愛有託不如所願而以出門則銜憂口如不能出聲也入門則無所至身又如不在家也大率口有所銜則聲不發神有所亂則目不識

憂思之極也

父兮生我母兮鞠我拊我畜我長我育我顧我復我出入腹我欲報之德昊天罔極

欲報而不能報也

南山烈烈飄風發發民莫不穀我獨何害南山律律飄風弗弗民莫不穀我獨不卒

人莫不有穀爲食惟我獨乏之當是父母亦以傷貧遂至棄背故此人之辭若不可存者

聞音曰蔚紆胃切害何葛切
聞跡曰兩章皆稱南山故知居南山之下也
總聞曰毛氏父母病亾在役不得見詩不見此
意當是不遇之窮士居南山之下遇苦寒之辰銜
哀抱貧人不能堪則欲死也益常情也

大東七章

有饛簋飧有捄棘匕周道如砥其直如矢君子所履
小人所視睠言顧之潸焉出涕
大東小東具見此詩無別有小東也簋貯飧者也
匕取飧者也當是士大夫會集之間有見道路平

直貴賤往來動念興感思往日而傷今日也
小東大東杼柚其空糾糾葛屨可以履霜佻佻公子
行彼周行既往既來使我心疚
當是周道之側有小東大東山俱在東而以大小
別之也葛屨公子行周行之屨也公子如此下民
可知安得不傷心
有冽氿泉無浸穫薪契契寤歎哀我憚人薪是穫薪
尚可載也哀我憚人亦可息也
此遇寒涉水而載薪者也以爲氿泉無浸我薪溼
則不可爇也此亦謂公子也薪雖溼尚可用也小

人以勞致病則恐不可生願少息也皆公子之徒
怨貧勞之辭也

東人之子職勞不來西人之子粲粲衣服舟人之子熊羆是裘私人之子百僚是試或以其酒不以其漿鞙鞙佩璲不以其長

此詩當是傷怨王室之詩是時周已遷東而秦踞西在東者憚所職之勞不肯來服王事在西者又逞勢得志而蔑視在東者也舟人水工之人私人家僮之人也皆西人也言舟人私人之徒皆酣于酒而不用漿務醇美也皆華其佩而不用長務輕

捷也言西人之得意如此而東人徒勞而甚窮歎其不如西人也

維天有漢監亦有光跂彼織女終日七襄雖則七襄不成報章

皆服勞之極連夜迄曉不休據所見道所懷自此而下天漢織女牽牛啟明長庚捄畢南箕北斗是也

睆彼牽牛不以服箱東有啟明西有長庚有捄天畢載施之行

維南有箕不可以簸揚維北有斗不可以挹酒漿維

南有箕載翕其舌維北有斗西柄之揭

朱氏所謂心怵惕而震蕩何所憂之多方仰明月而太息步列星而極明指星起興也

聞音曰行戸郎切來六直切疚訖力切載節力切服蒲北切裘渠之切試申之切旁紐則然易可貞無咎固有之也無妄之藥不可試也庚古郎切揭居竭切

總聞曰有指君不明者天漢是也有指臣無用者織女牽牛啟明長庚畢箕斗是也東西南北無不周覽興懷大率首章瞻言顧之潸焉出涕此其眞

情之大端也

四月八章

四月維夏六月徂暑先祖匪人胡寧忍予

當是初夏出征歷秋歷冬又次年歷春歷秋在道凡經年有餘尋詩可見我先祖獨非人而何爲忍于我也此必其祖在位有勞而其後爲有力者所不容也

秋日淒淒百卉具腓亂離瘼矣奚其適歸

日色慘七月後也

冬日烈烈飄風發發民莫不穀我獨何害

日色寒十月後也
山有嘉卉侯栗侯梅廢爲殘賊莫知其尤
此登山有見也栗熟八月後梅熟三月後也
相彼泉水載清載濁我日構禍曷云能穀
此臨水所見也泉水本清而復濁雨多泉溢也水生二月後也
滔滔江漢南國之紀盡瘁以仕寧莫我有
此從事江漢之間也
匪鶉匪鳶翰飛戾天匪鱣匪鮪潛逃于淵
此仰觀飛俯視潛有見者也我非羽焉能飛我非鱗焉能潛言無非避害也

山有蕨薇隰有杞桋君子作歌維以告哀
草木生三月後也大率餘年在外案餘年當作年餘道塗江山之間可謂盡瘁而不知有我視若無人可謂太無情是可哀也
聞音曰予演女切害何葛切尤于其切濁厨玉切有羽軌切哀於希切
總聞曰自謂爲君子所以自別于小人也
北山五章案北山舊爲六章王氏改爲五章後當有聞章而傳本失之也
陟彼北山言采其杞偕偕士子朝夕從事王事靡盬

憂我父母

杞枸杞也仲春可食當是此時

溥天之下莫非王土率士之濱莫非王臣大夫不均

我從事獨賢

賢如某賢于某若干純之賢言其勞獨過于人也

四牡彭彭王事傍傍嘉我未老鮮我方將旅力方剛

經營四方

以我少壯而使我陳力固當然但不均為可恨耳

或燕燕居息或盡瘁事國或息偃在牀或不已于行

或不知叫號或慘慘劬勞

或棲遲偃仰或王事鞅掌或湛樂飲酒或慘慘畏咎

或出入風議或靡事不為

此所謂不均也

聞音曰事上止切下役五切賢下珍切今東人猶有此音彭鋪郎切國越逼切行戶郎切議魚羈切今西人猶有此音佛書思議讀作宜大率西音多然

聞訓曰嘉鮮皆美之辭今人猶呼少壯為鮮健

總聞曰不均歸咎于大夫大夫以君命而役庶位者也大率詩人于君多婉

無將大車三章

無將大車祇自塵兮無思百憂祇自疧兮

不必將大車當是大車皆小人乘之我乘大車亦與小人同倫但自汚而已

無將大車維塵冥冥無思百憂不出于熲

言憂思無精采也今人猶呼物陳弊爲少出治治讀作持

無將大車維塵雝兮無思百憂祇自重兮

聞音曰疧眉貧切當通作疷集韻與痻同皆病也吳氏以字書民氏多互用葢緣唐諱從民皆改從

氏後有復者有不復者且如緡緍一也而有兩從鍲錉一也亦有兩從秦諱政正月遂以爲平至今不改況唐三百年又重之以五代之唐江南之唐習熟不全改易爾冥莫迥切重直龍切

聞訓曰雝壅也北人猶有此音

總聞曰賢者不願居高位居高位則任重事世態如此高位不可居重事不可任莫若自顧爲安三章連稱三自自者己也使人懷此心安得不亂

小明五章

明明上天照臨下土我征徂西至于艽野二月初吉

載離寒暑心之憂矣其毒太苦念彼共人涕零如雨
豈不懷歸畏此罪罟
　徂西往舊都也此必有求于秦而識者知秦之心
無厭是豈可倚如被毒而又至苦言毒之深也艽
說文遠荒也引此至于艽野一曰獸蓐共人在朝
之相知也不堪在外之惡境故思在朝之相知至
于涙滂流首重回又甚于夜臥起宿于外不能宿
于內也念之極也固知其無成而思歸必以我為
懷私不辦事也置我于罪罟加我以譴怒甚至于
使我再行尤不可堪也

昔我往矣日月方除曷云其還歲聿云莫念我獨兮
我事孔庶心之憂矣憚我不暇念彼共人睠睠懷顧
豈不懷歸畏此譴怒
　除開也言天氣方開明也二月後
昔我往矣日月方奧曷云其還政事愈蹙歲聿云莫
采蕭穫菽心之憂矣自詒伊戚念彼共人興言出宿
豈不懷歸畏此反覆
　奧暖也言天氣方暄暖也四月後二章歲聿云莫
　　亦參差古作欲語健
嗟爾君子無恒安處靖共爾位正直是與神之聽之

式穀以女
嗟爾君子無恒安息靖共爾位好是正直神之聽之
介爾景福

前三章此念彼共人故稱我稱彼後二章彼嗟爾君子故稱爾稱女以爲進則嬰外藩之釁退則詒內朝之譴進退固不能逃禍但不以偷安爲念而以靖共正直爲懷神必相扶而可免患相寬之辭也

聞音曰野上與切除直慮切莫幕故切戚于六切福筆力切

總聞曰自二月初吉至歲聿云莫所歷期年是時平王以岐西與秦以河內與晉既以謝二國之援且以賚二國之助自秦仲已張至是立西時泰時密時漸進汧渭之間盡包關輔之地故以王命使西土者皆恐蹈不測也秦以虎狼處已以魚肉視人其來已久著于孝公成于始皇當時有識者必先覺之

鼓鐘四章

鼓鐘將將淮水湯湯憂心且傷淑人君子懷允不忘
鼓鐘喈喈淮水湝湝憂心且悲淑人君子其德不回

鼓鐘伐鼛淮有三洲憂心且妯淑人君子其德不猶
大率淮夷叛服不常當是前此既服至此又騷將帥經理者合樂臨戎以此夸耀下國而攝服夷心識者憂其不可故以美辭曉將帥爾懷至信彼且感服其次以正以斷此事不患難辦回曲也猶疑也古稱猶豫猶多疑之獸也語曰猶之與人也出納之吝謂之有司言有司出納遲疑吝惜如猶之狀故謂之惡今併載于此

鼓鐘欽欽鼓瑟鼓琴笙磬同音以雅以南以籥不僭
鼓鐘瑟琴笙磬籥凡七器雅南凡二音諸器皆用

二音故儀禮歌者關雎鹿鳴等今存笙者南陔由儀管者新宮等今亾歌有辭今伊州渭州之類是也笙管無辭有腔今四六句合之類是也有辭者多存有腔無辭者多亾葢無辭故難傳

聞音曰將七羊切湯尸羊切喈居奚切湝弦雞切鼛居尤切南尼心切僭七心切

聞跡曰三洲在山陽

總聞曰漢以亾爲無元無其辭但有其題也以題推之其義略可見如此則可所謂惟存其義而逸其辭恐無是理也識者更詳今甲子旬中無戊亥

甲戌旬中無酉申之類謂之空亾亾亦無也非漢字獨爾古語多然至後誤呼之元祐間善政綱舉而網疏首選劉棠天統闕王勞心四方法三尺以雖具獄一人而使亾用西漢天下亾一人之獄棠天下名儒猶誤呼以爲常誤呼可也而義亦隨變則有所不可此類甚多今併載于此

楚茨六章

楚楚者茨言抽其棘自昔何爲我蓺黍稷我黍與與我稷翼翼我倉既盈我庾維億以爲酒食以享以祀以妥以侑以介景福

抽拔也除也拔除棘茨而蓺黍稷自昔者謂后稷也下詩言自古亦謂后稷大凡詩人言祭祀必以農事起辭言農事必以祭祀續辭言農事祭祀必以福祿結辭三者未有闕一者也此總言享祀妥侑而介福也

濟濟蹌蹌絜爾牛羊以往烝嘗或剝或亨或肆或將祝祭于祊祀事孔明先祖是皇神保是饗孝孫有慶報以介福萬壽無疆

此總言牲牢既具先使祝致祭于門然後延尸入坐也禮設祭于堂爲祊于外

執爨踖踖爲俎孔碩或燔或炙君婦莫莫爲豆孔庶爲賓爲客獻醻交錯禮儀卒度笑語卒獲神保是格報以介福萬壽攸酢

此次言俎豆各獻而祖尸爲主餘昭穆爲賓客亦皆有尸大宰禮皆以生代死貴通情也所謂事死如事生事亾如事存

我孔熯矣式禮莫愆工祝致告徂賚孝孫苾芬孝祀神嗜飲食卜爾百福如幾如式既齊既稷既匡既勑永錫爾極時萬時億

此次言俎豆甚虔飲食畢盡也進飲進食中禮無

愆也工祝致神意以告孝孫初一章止言福之大而不言福之數二章三章言萬至此自百至萬自萬至億徂賚于是爲多也

禮儀既備鐘鼓既戒孝孫徂位工祝致告神具醉止皇尸載起鼓鐘送尸神保聿歸諸宰君婦廢徹不遲諸父兄弟備言燕私

孝孫始離位而立庭既受賚則往歸位也工祝以畢告尸以起而歸宰廢牲婦徹器各隨其職而既其事也不遲者纔送尸卽飲福受胙也禮君親牽牲大夫贊幣而從君親致祭夫人薦盎君親割牲

夫人薦酒卿大夫從君命婦婦從夫人宰卿大夫以
下也君婦君夫人以下也諸宰君婦亟疾廢徹以
饗神之物及致祭之人所謂飲福受胙也尊屬如
諸父者皆預卑屬如諸弟者皆預中屬如諸兄者
皆預三者總諸屬也所以言備言私

樂具入奏以綏後祿爾殽既將莫怨具慶既醉既飽
小大稽首神嗜飲食使君壽考孔惠孔時維其盡之
子子孫孫勿替引之

樂飲福之樂也不獨暫安而仍有後祿殽受胙之
殽也不特無怨而又皆有慶所願如此也方在祭

尸爲主故稱孝孫及飲福君爲主故稱君凡祭祀
祝嘏稱主人曰孝孫主人自稱曰曾孫大率周禮
皆宗后稷故皆稱曾孫也禮既順物又時享祀之
道盡矣惟勿廢而長行之此皆美未有戒禮時爲
大順次之

聞音曰祀逸織切福筆力切亨鋪郎切祊蒲光切
明謨郎切饗虛良切慶墟羊切踖七略切碩常約
切炙陟略切莫末各切客克各切度徒洛切獲黄
郭切格剛鶴切愆起巾切備蒲北切戒訖力切位
力入切周官建國之神位故書位作立鄭氏云立

讀爲位同字古文春秋公卽位爲公卽立鄭氏以二字當同爲位知其一未知其二也旣可同爲位亦可同爲立左氏賦以目此位案目當作目左思魏都賦量寸旬涓吉日陟中壇卽帝位以日時位也下文江氏詩江淹擬盧中郞感交莫俊著世功多士濟斯位眷顧成綢繆遒與時髦匹以位叶匹也江氏詩以位叶匹信古有此音也告古得切奏藏後切旁經千木切叶祿慶墟羊切包補捌切考去久切盡子忍切引一忍切

間人曰神保尸之贊相也凡饗凡酢凡歸皆贊相導之保氏掌祭祀之容恐亦是此職

總聞曰此詩本末甚詳禮祭稱孝孫孝子以其義

稱曾孫某謂國家也祝報稱其義故曰孝主人于國于家皆稱孝故稱曾尸神象也祝將命也夏立尸而卒祭商坐尸周旅酬六尸三昭三穆與太祖而七后稷太祖也后稷之尸發爵不受旅其旅者太祖以孝也傳主人辭于神曰祝主傳尸辭于主人曰嘏其交載于經傳甚多亦不無相抵捂擇其明簡者一二略載之

信南山六章

信彼南山維禹甸之畇畇原隰曾孫田之我疆我理南東其畝

稱禹卽是稱稷書先命禹作司空次命棄爲后稷言水土稼穡相繼皆爲急也古制畝法向南而帶東不言東南而言南東也平田四方皆一致益疆理所經遂上之徑溝上之畛洫上之塗澮上之道川上之路以達于畿皆背畝而面畿畝在東南畿在西北古者正塗皆取定域非若今有小路有叉路也所謂欲使齊之封內盡東其畝惟吾子戎車是利無顧土宜蓋晉獨齊直東則順自南而東則迂亦引此詩

上天同雲雨雪雰雰益之以霡霂既優既渥既霑既

足生我百穀

麥欲雪先雪滋麥禾欲雨次雨滋穀故曰益之言得雪之後又加之得雨爲佳雪當在冬雨當在春夏斯爲時也

疆埸翼翼黍稷彧彧曾孫之穡以爲酒食畀我尸賓壽考萬年

尸主又有尸賓皆伐爲神者也既畀尸主又畀尸賓當是楚茨大祭尸主尸賓同饗此小祭后稷不與而獨以次也大宰大祭亦于后稷之尸以遠故加嚴所謂不受旅也

中田有廬疆埸有瓜是剝是菹獻之皇祖曾孫壽考
受天之祜

瓜熟而薦廟也當是夏時此薦新之祭差小故其
禮比楚茨烝嘗之祭差簡

祭以清酒從以騂牡享于祖考執其鸞刀以啓其毛
取其血膋

雖薦新亦用牲但不用大牲禮薦冰以羔薦麥以
雉薦桃以雛薦麻薦稻皆以犬惟薦鮪薦魚薦穀
無牲此薦瓜之牲也商周鼎卣多作子象持刀度
當時事神主人自執刀割牲舞自秉干戚藉田自

秉耒之類是也騂色牡形他牲皆可

是烝是享苾苾芬芬祀事孔明先祖是皇報以介福
萬壽無疆

楚茨烝嘗之祭也其儀差詳信南山薦新之祭也
其儀差略下章甫田社祭社以方也大田蜡祭蜡
亦以方也皇祖謂太王王季先祖謂文王考謂武
王大率常祭止自太王以下謂之近廟故此皇祖
有薦無享也

聞音曰田堂練切今人亦呼作田爲佃田呼農家
謂佃戶皆作去音吳氏何作池鄰切田作地因切

又皆作亭年切不若從本音爲順畝滿罪切渥烏谷切易林春多膏澤夏潤優渥稼穡熟成畝獲百斛正用此詩是知上天同雲至生我百穀六句包冬春夏三時非止一時也彧子逼切年彌因切瓜攻乎切祜候古切考去久切亨虛良切明謨郎切

聞跡曰大率井田之制一夫居一廛田百畝此則上中下地皆同上萊五十畝中萊一百畝下萊二百畝謂不耕而陸種者也今一夫一戶也餘夫一戶之衍出者也亦在一戶受廛受畝之內猶今言子戶古之度量皆極短于今若如舊說則地太寬

人太少有所不足如今所計人力地力皆相當無遺也

總聞曰兩詩皆言祀事孔明所謂遠闇而祭曰不足繼之以燭古以爲非至室事交乎戶堂事交乎階質明而始行事晏朝而退古以爲是孔明蓋謂此也

後學　王簡　校訂

詩總聞卷十三

詩總聞卷十四

宋 王質 撰

甫田四章

倬彼甫田歲取十千我取其陳食我農人自古有年今適南畝或耘或耔黍稷薿薿攸介攸止烝我髦士

孔氏凡詩之作非如記事之書必詳度量之數甫田言歲取十千亦猶頌之萬億及秭舉成數且叶句所在大田皆有十千之數以見天下皆豐此說甚通他皆倣此以舊儲食以新收者積新陳相因自古遇豐年其法如此漢常平之制略似田野亦有髦俊于種藝之間有餘力則助人無餘力則止自可審察其人之賢否也

以我齊明與我犧羊以社以方我田既臧農夫之慶琴瑟擊鼓以御田祖以祈甘雨以介我稷黍以穀我士女

齊整也明潔也言穀之精也惟爲社事單出里惟爲社田國人畢作惟社丘乘共粢盛此爲社所共者也田祖鄭氏先嗇神農司嗇后稷凡國祈年于田祖吹豳雅擊土鼓以樂田畯田畯恐亦是田神若是田官不當與大神同饗

曾孫來止以其婦子饁彼南畝田畯至喜攘其左右嘗其旨否禾易長畝終善且有曾孫不怒農夫克敏

七月略同辭至喜不必改爲饎言迎其神既至而喜也君勞田畯見之卻其左右而察其美否與下通懷如此也古禮凡祭神皆有尸今所在尙有此風然多流于邪怪也禾不所以易長者以人之克敏也人道敏政地道敏樹凡稼事以敏爲功所謂庤乃錢鎛奄觀銍艾

曾孫之稼如茨如梁曾孫之庾如坻如京乃求千斯倉乃求萬斯箱黍稷稻粱農夫之慶報以介福萬壽無疆

茨布地而生蒺藜也梁截水而橫略彴也坻聳水而起洲渚也京附地而隆陂陁也積穀之狀如此倉貯之本壤者也箱運之以補助他所者也

聞音曰畝滿罪切耔獎禮切蕘魚起切士鉏里切明謨郎切慶墟羊切右羽軌切否補美切有羽軌切敏母鄙切京居良切慶墟羊切

總聞曰前兩詩不知何以見思古此詩又不知何以見思古而傷今當是以自昔何爲自古有年遂以爲思古以今適南畝遂以爲傷今詩援古及今

甚多且以田事言之振古如茲續古之人皆及古
以迄于今匪今斯今皆及今雖未敢卽以爲某王
之盛時亦未敢卽以爲某王之亂世識者更詳

大田四章

大田多稼既種既戒既備乃事以我覃耜上俶載南
畝播厥百穀既庭且碩曾孫是若

周制季冬令告民出五種令農計耦耕事修耒耜
具田器所謂既備也孟春命布農事命田舍東郊
善相丘陵阪險原隰土地所宜五穀所殖所謂俶
載也孟夏命野虞出行田原爲天子勸農勞民毋

或失時所謂是若也孟夏驅獸毋害五穀季夏燒
薙行水利以殺草可糞田疇可美土疆所謂無害
也見下章

既方既皁既堅既好不稂不莠去其螟螣及其蟊賊
無害我田穉田祖有神秉畀炎火

稂莠人力所及螟螣蟊賊人力所不及神其以害
田之物而畀之火禱之辭也

有渰萋萋興雨祁祁雨我公田遂及我私彼有不穫
穉此有不斂穧彼有遺秉此有滯穗伊寡婦之利

雨我公田遂及我私民愛君也駿發爾私亦服爾

耕君愛民也民愛君以公爲先君愛民以私爲先
耕謂公田也雨澤專及公田因及私田急于公緩
于私之辭私則駿發耕則亦服急于私而緩于公
之辭當時君民之情可見不穫不及穫者也不斂
不及斂者也遺秉所棄者也滯穗所留者也今北
方刈穫弱婦幼童隨羣掇拾于後亦足度日南方
亦謂之拾籆但不多爾

曾孫來止以其婦子饁彼南畝田畯至喜來方禋祀
以其騂黑與其黍稷以享以祀以介景福

此蜡祭也大率此詩言收成之事爲多似是索饗

凡田祭田祖居先田畯次之至此曾孫方來者觀
蜡祭同民福也

聞音曰稼讀作介今南人猶作此音叶戒事上止
切秬養里切畝滿罪切穀訖岳切碩常約切皁此
苟切好許厚切螣徒得切火虎隈切祀逸織切福
筆力切

聞訓曰穉說文幼禾也既刈有續生者今謂之稻
孫穧說文撮也秉說文禾束也穗說文禾成秀也
民間今猶有穧音一截所裁謂之一穧而穧與劑
同亦有穗音一枝兩枝謂之一穗兩穗

聞物曰爾雅食心曰螟食葉曰螣食根曰蟊食節曰賊說文螟食禾節從虫恐是說文又云螣蝗也亦以賊爲蝗如此則兩何再舉蝗也今田間一種結網罩禾實者從冥恐是此意今俗謂螟蟲一種口截禾莖者從矛戈恐是此意今俗謂蝗蟲後股如鋸甚利二種皆不食禾而傷禾大率漢儒之學兩物則分作兩種用四物則分作四種用假如蟲類更增而物狀不可增則將如何古今遼遠蟲之名實亦不可盡合今但多云蝗蟲又云蛉蟲恐即是螟也其餘會粹之名多與古不侔

聞跡曰詩多稱南畝說見信南山後人言東皋猶可西疇遂失古意或謂東作西成然所謂農人告予以春及將有事于西疇正是春時非是秋時或植杖而耘耔登東皋而舒嘯正是夏時非是春時大率後人乘意指東西南北爲辭詩人亦率意但所見止在南所謂南東其畝也

總聞曰八蜡八方之神也各隨其所來之方祀之舉此禮專用豳豳詩八章當分歌以樂八神鄭氏以爲一先嗇二司嗇三農四郵表畷五貓虎六坊七水庸八昆蟲恐未必然止就辭可見土歸于宅

土神一也宅神二也宅山之間也水歸于壑水神三也壑神四也壑巖穴之間也昆蟲毋作昆蟲神五也草木歸其澤草神六也木神七也澤神八也澤陂湖之間也昆當作蜫蟲之總名也既蜡收民息已故既蜡君子不興功蓋神人各休其所也

瞻彼洛矣三章

瞻彼洛矣維水泱泱君子至止福祿如茨韎韐有奭以作六師

此必宣王會諸侯東都之時也君子指宣王也古之明王莫如文武成康是時亦未宅洛至洛會諸

侯行大賚有賜之以韎韐之盛而在外統師者如方叔之徒是也有賜之以鞞之琫珌而內守國者如張仲之徒是也

瞻彼洛矣維水泱泱君子至止鞞琫有珌君子萬年保其家室

瞻彼洛矣維水泱泱君子至止福祿既同君子萬年保其家邦

一章言以作六師兩章皆言保其家室保其家邦人情不欲外征惟欲內保故皆以萬年祝之

聞音曰茨前西切邦卜工切

聞用曰韎韐毛氏茅蒐也鄭氏從之又茅蒐韎韐聲也毛氏又所以代韠也鄭氏從之言祭服之韠也孔氏韎草名陳留人謂之蒨韎又從毛鄭也又韎韐以代韠其體合韋爲之蔽膝之衣是韐又從毛鄭也奭者用茅蒐之草染之故赤孔氏集毛鄭之說頗明韎集韻音昧音末皆韋赤色韐集韻士服如韍則韎韐殆類赤韍也禮韎師掌教韎樂鄭氏讀如味飲食之味杜氏讀韎爲菋莖藸之菋鄭氏讀如韎韐之韎謂衣赤韍以舞也如旄人執旄以舞籥師歙籥以舞非樂名也左氏有韎韋之

跗注杜氏韎赤色跗注戎服若袴而屬于跗與袴連此殆類赤袴與赤韍相似據此以作六師當如周官韎師大饗舞韎樂亦可當如卻至衣韎韋之跗注亦可恐用周官之制爲長

聞事曰福祿如茨非祝人君福祿也益人君及臣下之福祿爾下文所錫是也故末章又曰福祿既同言均及之君子萬年乃祝人君之辭

總聞曰此時方會東都振宗周而識者已豫爲作師之辭其識又先于矢其文德王曰還歸者也

裳裳者華四章

裳裳者華其葉湑兮我覯之子我心寫兮我心寫兮
是以有譽處兮

裳當作常常棣也其葉湑兮華彫而葉盛也芸其黃矣葉漸變也或黃或白華半槁也感常棣而思賢者雖歷歲時漸更柯葉當欲見斯賢也

裳裳者華芸其黃矣我覯之子維其有章矣維其有章矣是以有慶矣

裳裳者華或黃或白我覯之子乘其四駱乘其四駱六轡沃若

左之左之君子宜之右之右之君子有之維其有之是以似之

言宜在王左右也

聞音曰寫賞羽切慶墟羊切白僕各切左七何切今南人猶有此音吳氏以為未詳何也吳氏攷古音甚詳而采方音稍略也宜牛何切有羽軌切似養里切

總聞曰江漢無曰予小子召公是似此當是召公之流其先有令名而其後能繼世象賢者也

桑扈四章

交交桑扈有鶯其羽君子樂胥受天之祜

桑扈青雀也鶯鶯黄栗留也當是暮春毛氏鄭氏以兩物爲一物鶯然有文章恐非春深鳥飛願君子樂此景以受其福此當是人君祝諸侯之辭

交交桑扈有鶯其領君子樂胥萬邦之屏

此當是人君譽諸侯之辭

之屏之翰百辟爲憲不戢不難受福不那

兕觥其觩旨酒思柔彼交匪敖萬福來求

此當是人君戒諸侯之辭不可自戢而不肯爲不可自難而不敢爲如無勉意自生退心則福不那也不戢不難如諸葛武侯是也不可自敖而不勤如無逸意常存勞心則福來求也彼交匪敖如陶侃是也

聞音曰祜侯古切翰胡千切憲墟言切難乃多切

總聞曰當是諸侯來朝而歸國餞送之際美戒兼存下章鴛鴦似是諸侯答君之辭

鴛鴦四章

鴛鴦于飛畢之羅之君子萬年福祿宜之

畢盡也張羅者既盡則鴛鴦可以無慮也所以每章歸福于其君謝之辭也

鴛鴦在梁戢其左翼君子萬年宜其遐福

鴛鴦斂翼而休已亦可斂身而息也

乘馬在廄摧之秣之君子萬年福祿艾之

乘馬在廄秣之摧之君子萬年福祿綏之

乘馬亦休息不慮鞭策已亦可休息不慮譴訶也

聞音曰羅鄰知切福筆力切秣莫佩切艾魚肺切

問物曰鴛鴦雙棲乃能宿雄以右掩左雌以左掩右飛類皆然

總問曰諸侯既安心斯展力當是其君以情相留乘馬寘之于廄而未使登途也故諸侯即事以攄情不知的在何朝當是韓侯入覲出祖之時也

頍弁三章

有頍者弁實維伊何爾酒既旨爾殽既嘉豈伊異人兄弟匪他蔦與女蘿施于松柏未見君子憂心奕奕既見君子庶幾說懌

當是王者親戚平時憂疑至是燕飲之際其情稍通也言此無他人惟我同氣下所謂具來必皆與非一人也下又謂甥舅必又有母黨也可謂至親可以略紓此懷我不能自植惟恃松柏以爲力哀之辭也下章亦然我未見不能無疑既見其疑稍釋庶幾未敢必其無他虞也下章亦然

有頍者弁實維何期爾酒既旨爾殽既時豈伊異人兄弟具來蔦與女蘿施于松上未見君子憂心怲怲既見君子庶幾有臧

有頍者弁實維在首爾酒既旨爾殽既阜豈伊異人兄弟甥舅止如彼雨雪先集維霰死喪無日無幾相見樂酒今夕君子維宴

如雪先集霰漸至于大雪如讒先浸潤漸至于大禍當是其端有緒其事將成也不知死當在何日見亦無幾時姑樂今夕而已訣之辭也

聞音曰嘉居何切他湯何切柏逋莫切奕弋灼切懌弋灼切來陵之切怲彼旺切臧才浪切阜房缶切舅下九切

總聞曰禮貌餼具非不曲盡而我心終不能保言其人不可測也朱明帝齊高宗猜忍之徒其于親戚骨肉之間多然

車舝五章

間關車之舝兮思孌季女逝兮匪飢匪渴德音來括雖無好友式燕且喜

此士大夫欲得賢女以自慰也尋詩士大夫之心甚切當是此女之譽甚美故此士之情甚深而未

章得如所願也當是嚴車以待迎而媒妁未諧聘幣未通意不在飲食而在碩女外雖無良朋而中乃有好友殊可喜也

依彼平林有集維鷮辰彼碩女令德來教式燕且譽好爾無射

鷮野雉也雉有謂之鴝媒（案鴝雉同有下疑有脫文）言安得如此人早得碩女來通教言此無無有厭也因見野雉有感也

雖無旨酒式飲庶幾雖無嘉殽式食庶幾雖無德與女式歌且舞

陟彼高岡析其柞薪析其柞薪其葉湑兮鮮我覯爾我心寫兮

柞柞木也析良木為薪當用斧娶碩女為妻當用媒南山伐柯之詩皆然其葉甚茂而未能析益少肯與我為媒未得與碩女相見也又見茂林有感也

高山仰止景行行止四牡騑騑六轡如琴覯爾新昏以慰我心

往迎昏也

聞音曰牽下轄切逝尺列切集韻往也吳氏牽逝

二韻未詳葢未攷此友羽執切鴇居妖切敎居爻切射都故切薪思將切湑思敘切鳥賞羽切仰五剛切行戶郎切

總聞曰尋詩不見思君得女之意如是則似太褻也此欽慕賢婦而難得婦相見及此願有期則慰其心皆動于已情非施于君也

青蠅三章

營營青蠅止于樊豈弟君子無信讒言

營營青蠅止于棘讒人罔極交亂四國

營營青蠅止于榛讒人罔極構我二人

當是為讒有端而未成也止于樊棘榛之間未至于噆膚然不可不豫慮也

聞音曰國越逼切

總聞曰二人非君臣之辭必其徒也謂君與我猶可孔氏以二人為人君與讒人不惟非君臣之禮亦語勢不順君子則指君也

賓之初筵五章

賓之初筵止左右秩秩籩豆有楚殽核維旅酒既和旨止飲酒孔偕鐘鼓既設舉醻逸逸止大侯既抗弓矢斯張射夫既同獻爾發功發彼有的以祈爾爵

言延賓初入席甚整肅有次第也周制有秩酒秩膳皆謂有常度也既延賓具籩豆殽核又具鐘鼓又具弓矢奏其發矢之功中的之數勝者飲不勝者也

籥舞笙鼓樂既和奏烝衎烈祖 止 以洽百禮百禮既至 止 有壬有林錫爾純嘏子孫其湛其湛曰樂各奏爾能賓載手仇室人入又酌彼康爵以奏爾時

既起射具籥舞笙鼓而獻先祖其禮至百又盛大于初嘏傳尸辭以飲福也飲福既畢又各奏其嫺射之能以相校也既奏能又起射以手爲匹言分

耦也酌爵以飲不勝各奏其時言不踰所當酌之時告之于尸也初筵大率兩射賓飲酒既遍之後一也尸受饗既畢之後一也其率禮如此所謂秩也

賓之初筵 止 溫溫其恭其未醉止威儀反反曰既醉止威儀幡幡舍其坐遷屢舞僊僊其未醉止威儀抑抑曰既醉止威儀怭怭是曰既醉不知其秩

再舉初筵言勞賓饗神皆如禮上二章是也過此則酒皆酬禮皆廢下二章是也向之秩今皆怠也

賓既醉止載號載呶亂我籩豆 止 屢舞僛僛是曰既

醉不知其郵止　側弁之俄屢舞傞傞既醉而出並受其福醉而不出是謂伐德飲酒孔嘉維其令儀

數其狀也有醉而出者則受福之人言不至蹈害也有醉而不出者則伐德之人言必至喪善也亦有飲而甚嘉不失其令儀蓋亦有賢者不皆小人也所以下章凡此飲酒或醉或否也

凡此飲酒或醉或否既立之監或佐之史彼醉不臧不醉反恥式勿從謂無俾大怠匪言勿言匪由勿語由醉之言俾出童羖三爵不識矧敢多又

監史所謂糾飲酒過度者也至醉者固爲不善當

糾之也反以不醉爲恥監史本以糾醉爲職乃以縱醉爲能也五代閩之王氏若此大率醉者諱人勸止而醒者不忍坐視也式勿從謂言勿從而告之也無俾大怠但可扶持使不至于大顛仆也醒者相與爲戒非所當言者勿言非所當從者勿語謂勸止也若可從而言莫若勸其出童持車之僕也羖駕車之羊也言乘車而去也然三爵之後則不識義理不識親朋童僕之言已過況敢多言多則醉者與怒見犯也

聞音曰兩舉賓之初筵卽大章首題也　初賓之初

筵下衎一章次賓之初筵下衎二章兩大章並一句單八其餘不然旨旁紐作陟叶逸設書質切抗居郎切的丁藥切湛持林切仇又相叶又旁紐作尤康旁紐入聲作恪叶爵爾旁紐平聲作而叶時此隨句取叶也大率不叶者委曲取叶亦無有不叶者反芬邅切鄧旁紐作宥叶豆醉者阻八勸止之聲若又今西北人猶有此聲大率厭御煩聒雖不醉亦多稱又出尺律切福筆力切嘉居何切儀牛何切否補美切史爽士切怠養里切殺公士切又夷益切

聞事曰手左右出耦亦左右出故耦從手也舊改手作耦不必

聞用曰古者車乘首以馬次以牛次以羊輕小之車羊駕之所謂灑鹽者也

聞人曰周制酒正不惟以式法授酒材所謂酌數器量皆掌今飲卽王之燕飲共其計酒正奉之計謂獻醻多少監或謂此史卽府史之屬左氏屠蒯請佐使尊恐是

總聞曰此同在席醒者談醉者之狀當怒而不怒當責而不責乃更委曲保護醒者必慈祥長厚之

人憚凶德憐狂夫而又遠害者也令儀盍斯人邪

詩總聞卷十四

後學 王簡 校訂

詩總聞卷十五

宋 王質 譔

魚藻三章

魚在在藻有頒其首王在在鎬豈樂飲酒

當是朝廷以魚侑酒以豈爲樂而勸王者之飲喜功成治定也說文豈還師振旅之樂從心從豈者非

魚在在藻有莘其尾王在在鎬飲酒樂豈

魚在在藻依于其蒲王在在鎬有那其居

此飲酒畢奏樂也願安所處言人情愛君上如今

言甚勞少歇也

聞音曰此詩上下句皆對叶

總聞曰治亂之世辭意氣象自可見無疑似可推演得以委曲扳援者皆盛世之詩強生辭以爲亂世則恐錯亂情實非攷古之正法也

采菽五章

采菽采菽筐之筥之君子來朝何錫予之雖無予之路車乘馬又何予之玄衮及黼

當是諸侯來朝人君致禮都人登山臨水觀之後世郭子儀李晟之流來京師都人以爲盛事或見

歌詩恐殆亦類此路車乘馬玄衮及黼可謂大賜而尙言無予者自以爲薄也謙之辭也下章旂鸞驂駟赤芾邪幅皆次第錫賚者也故初言予之後言申之

觱沸檻泉言采其芹君子來朝言觀其旂其旂淠淠鸞聲嘒嘒載驂載駟君子所屆

赤芾在股邪幅在下彼交匪紓天子所予樂只君子天子命之樂只君子福祿申之

維柞之枝其葉蓬蓬樂只君子殿天子之邦樂只君子萬福攸同平平左右亦是率從

言君臣和順也安平在王之側有令則率從恭之辭也

汎汎楊舟紼纚維之樂只君子天子葵之樂只君子福祿膍之優哉游哉亦是戾矣

亦言君臣和順也優游處王之側有召則至亦恭之辭也

聞音曰予弋渚切馬滿補切泉才匀切旂渠斤切屆居氣切下後五切命彌弁切邦卜工切哉將黎切矣作平音

總聞曰采菽者登山采菽爲食而觀者也采芹者

臨水采芹爲食而觀者也柞枝者既飽依樹而立
而觀者也楊舟或汎或維追逐而觀者也故詩稱
言觀此葢爲終日之觀則備終日之饌令人出遊
出觀從容長遠者多然

角弓八章

騂騂角弓翩其反矣兄弟昬姻無胥遠矣
弓向外則弦上而矢發反則無用俗謂之反張病
有此狀者難療

爾之遠矣民胥然矣爾之教矣民胥傚矣
此令兄弟綽綽有裕不令兄弟交相爲瘉
令兄弟雖相遠能安處不令則交相爲害言怨心

生也

民之無良相怨一方受爵不讓至于已斯亾
言情不通也爵相爭而不相遜至于末則情皆亾
言情從讓起從爭喪

老馬反爲駒不顧其後如食宜饇如酌孔取
以老馬爲駒駒亦有時而老也食量所饇而酌量
所取則不傷不量飢飽而食不忖多寡而酌亦不
顧其後也言有後患也當是親戚之間有小人以
年而先于衆者又當是親戚之間有君子以惡而

遠其人者又不讓以美官故小人懷忿鷙肆忍毒

尋詩皆勸君子慮後患者也

毋教猱升木如塗塗附君子有徽猷小人與屬

猱升木不待教塗塗不待附言兄弟之情非由人力也君子小人雖異然同氣相連亦是其性也此必有兄弟之中小人以異趣害君子詩人言此天性不以君子小人而別也

雨雪瀌瀌見晛曰消莫肯下遺式居婁驕

言小人之惡亦易回稍下心與之則翻然既不肯降意小人又自處多驕無怪小人之欲快其志也

言君子亦不善待小人告之辭也

雨雪浮浮見晛曰流如蠻如髦我是用憂

小人蠻也蠻人心多悍君子髦也髦士心多正恐不勝小人是可憂也故再三勸君子少屈以下小人憂之辭也

聞音曰反芬邅切遠於圓切痛羊汝切讓如陽切後下五切屬殊遇切髦莫候切

總聞曰詩人固消小人而長君子亦屈君子而下小人而況骨肉之間雖稍下之何足爲屈也以五剛決一柔亦必健而說決而和故君子懲小人亦

必有道也

菀柳三章

有菀者柳不尚息焉上帝甚蹈無自暱焉俾予靖之後予極焉

菀柳當是夏時今歲又過半而爲惡尚未息凡人以一時爲一變時再變而惡如故處心寛者守靜以待後也以天自警也無也俾也後也皆使之辭也蹈動也天意甚相動勿相親但守靜徐觀所至也言俟其惡稍息也

有菀者柳不尚愒焉上帝甚蹈無自瘵焉俾予靖之後予邁焉

有鳥高飛亦傅于天彼人之心于何其臻曷予靖之居以凶矜

言不若高飛而避害也彼人斥在上也其心何所不至豈可守靜而待其居我凶危之地也決之辭也

聞音曰瘵子例切邁力制切天鐵因切

總聞曰此當危疑自寛解以待者也後因有用此道而安亦有用此道而危言可待者善人而偶誤用心不可待者惡人而稔熟爲惡也故末章有斷

制之辭

都人士五章

彼都人士狐裘黃黃其容不改出言有章行歸于周萬民所望

當是都人之賢士君子之賢女相爲夫婦而去都都人思之者也此似餞送之辭當是其士旣賢而其女又淑首章全言士者本其夫也後章夫婦併言

彼都人士臺笠緇撮彼君子女綢直如髮我不見兮我心不說

彼都人士充耳琇實彼君子女謂之尹吉我不見兮

我心苑結

尹士吉士婚姻之著姓舊說亦有此理二姓同出尹吉甫一以官爲氏一以字爲氏不必改作姞

彼都人士垂帶而厲彼君子女卷髮如蠆我不見兮言從之邁

匪伊垂之帶則有餘匪伊卷之髮則有旟我不見兮云何盱矣

言士則指其衣服言女則指其髮旟不欲斥言故舉其在身之物以思其人也

聞音曰望無方切撮祖悅切髮方月切說欲雪切結激質切厲落蓋切旰叶旟不用矣若用矣旁紐作平聲叶兮

總聞曰此必在東都而歸西周者也雖在東必以西爲宗故言周道周京皆指故都爲宗周三家無初章止三章惟毛氏有之大要在行歸于周一句豈可闕也行平音

采綠四章 館本案采綠四章黍苗五章及隰桑前二章原本缺頁今補錄經文于左

終朝采綠不盈一匊予髮曲局薄言歸沐

終朝采藍不盈一襜五日爲期六日不詹

之子于狩言韔其弓之子于釣言綸之繩

其釣維何維魴及鱮維魴及鱮薄言觀者

黍苗五章

芃芃黍苗陰雨膏之悠悠南行召伯勞之

我任我輦我車我牛我行既集蓋云歸哉

我徒我御我師我旅我行既集蓋云歸處

肅肅謝功召伯營之烈烈征師召伯成之

原隰既平泉流既清召伯有成王心則寧

隰桑四章

隰桑有阿其葉有難既見君子其樂如何

隰桑有阿其葉有沃既見君子云何不樂

隰桑有阿其葉有幽既見君子德音孔膠

既見非己見也想像既見之後所悅之情當如此也

心乎愛矣遐不謂矣中心藏之何日忘之

心甚愛斯賢而以遠不能告語爲恨徒深藏而不忘也此必有欲言不得者也

聞音曰難乃多切沃鬱縛切幽於交切愛許既切

總聞曰君子所居有隰有桑是在野也思在野而不得見則必在位而不能往者也其詳見白華

白華八章

白華菅兮白茅束兮之子之遠俾我獨兮

有花曰菅無花曰茅其華皆白大率此詩所引山野氣象爲多草木之類則菅茅稻田桑薪鳥獸之類則鶖鶴鴛鴦天則雲露地則滮池扁石家則行竈魚梁皆山廬野宅所見所有者也

英英白雲露彼菅茅天步艱難之子不猶

天步如此艱難而不得與此人同謀也古以星土辨九州之地封域皆有分星略見丹元子步天歌天步謂此

滮池北流浸彼稻田嘯歌傷懷念彼碩人
樵彼桑薪卬烘于煁維彼碩人實我勞心
鼓鐘于宮聲聞于外念子懆懆視我邁邁
此所謀之大槩也必是人君衽席之間有所隱慝今則外彰念子不可見則愁不伸視我無與同則意不悅其事迫而其情急也
有鶖在梁有鶴在林維彼碩人實勞我心
鴛鴦在梁戢其左翼之子無良二三其德
自此人以外無良朋以相助所與處者皆二三之人豈可共謀也

有扁斯石履之卑兮之子之遠俾我疧兮
扁小石此當在巖谷之下故曰卑也初則傷次則勞次則病思之極也
聞音曰茅莫侯切田地因切煁市林切邁力制切疧祈支切
聞音曰煁烓也今行竈
聞跡曰滮池與鄗池合在咸陽鄭氏鄗鎬之間水北流而不指其的
總聞曰此與隰桑之意同亦必與隰桑之人同隰桑之事尚淺故其辭未至于甚白華之事已深故

其辭不勝其切此必事關于宗社人民而非尋常
者也隰桑之君子即此之碩人此之碩人即此之
之子當時在朝既有賢者在野亦有賢者惜不能
相會以爲謀而徒勞思恨望此在朝者必有志而
寡助在野者必有才而不用者也

緜蠻三章

緜蠻黃鳥止于丘阿道之云遠我勞如何飲之食之
教之誨之命彼後車謂之載之

當是重臣出行而下士冗役告勞者也聞其告勞
而旋生憫心亦必賢者當是管謝之流也

緜蠻黃鳥止于丘隅豈敢憚行畏不能趨飲之食之
教之誨之命彼後車謂之載之

緜蠻黃鳥止于丘側豈敢憚行畏不能極飲之食之
教之誨之命彼後車謂之載之

黃鳥當是春時春多雨丘多泥此適遠所宜告勞
也

聞音曰食疾二切載子麗切側莊力切

總聞曰飲食憐其飢載憐其勞而又教誨者言分
有貴賤任有勞佚使以理遣也此不止管謝之流
恐即召伯黍苗陰雨正是此時所以重使人意及

此也識者更詳

瓠葉四章

幡幡瓠葉采之亨之君子有酒酌言嘗之

當在野君子相見爲禮者食瓠當是夏時

有兎斯首炮之燔之君子有酒酌言獻之

初章言瓠葉爲菹爾大要以兎侑酒也故三章連及之北人膳羞多喜用禽獸而凡品以兎爲貴射獵亦以得兎爲勝

有兎斯首燔之炙之君子有酒酌言酢之

有兎斯首燔之炮之君子有酒酌言醻之

兎以首言猶今言一頭兩頭也西人凡物皆以頭言子人亦以頭數

聞音曰亨鋪郎切獻虚言切炙陟略切炮蒲侯切

總聞曰此時當有隱遁在野者數詩皆有此意隰桑所愛之君子白華所念之碩人與此瓠葉亨炮燔兎之君子恐皆此人得非隰桑白華欲見而不得者至是或假事以相見或將命以相見皆不可得而知疑其前詩有不勝思慕之情此詩有不任欣喜之狀此必有志投而意契者識者更詳

漸漸之石三章

聞音曰沒莫筆切

聞字曰集韻漸嶄皆同不必作嶄

聞物曰江豚大略豬首魚尾有兩細足微白全身皆肉不堪食可取膏湖湘間人多用之

總聞曰東南夷見于詩者淮夷荆舒得人則有喜江山之心不得人則有懼山川之怒亦各係其人也觀此詩及東山江漢諸詩可見尋詩其人非不冒難盡瘁亦時節不嘉人情少舒觸境皆非美氣象爾

苕之華三章

苕之華芸其黃矣心之憂矣惟其傷矣

苕之華其葉青青知我如此不如無生

牂羊墳首三星在罶人可以食鮮可以飽

牂羊牝羊也墳當作羵字轉恐亦通用牡羊也牝羊而牡首豈有此理心星在天而在罶亦豈有是理言雌雄變易上下顛倒此時但得食已為過求飽則難也言世路不嘉也

聞音曰飽補掫切

總聞曰見苕華而感世態言漸就彫不復榮也大要在牂羊三星二句此其所以無生意也此必愬

人之辭故曰知我如此

何草不黃四章

何草不黃何日不行何人不將經營四方

何草不玄何人不矜哀我征夫獨爲匪民

言不以民待下也

匪兕匪虎率彼曠野哀我征夫朝夕不暇

我匪兕匪虎而常在曠野哀之辭也

有芃者狐率彼幽草有棧之車行彼周道

狐在野人在里各其所也狐在草而我挽車常在道狐之不如甚哀之辭也

聞音曰行戶郎切玄胡均切野上與切暇後五切

總聞曰草自黃而玄與苕自花黃而葉青同爲時節之變苕華漸謝春夏時也草色漸槁秋冬時也當是所歷之時不同苕之華何草不黃之詩一引羊罶起興一引兕虎狐起興又皆以小卉山蕪爲辭當是在野者也或士與民未可審知爾

後學　王簡　校訂

詩總聞卷十五